QUAI DES INDES

Du même auteur

Quand les Bretons peuplaient les mers, 1979, Fayard.

Les Contes du cheval bleu les jours de grand vent, 1980, Livre de Poche Jeunesse.

Le Nabab, 1982, Lattès.

Modern Style, 1984, Lattès.

Désirs, 1986, Lattès.

Secret de famille, 1989, Lattès.

Histoire de Lou, 1990, Régine Deforges ; 1993, Fayard.

La Guirlande de Julie, 1991, Robert Laffont.

Devi, 1992, Fayard/Lattès.

Irène FRAIN

QUAI DES INDES

Pour Yvette
en amitié
Irène Frain

FAYARD

Avant d'écrire le récit qui porte son nom, j'ai passé quatre ans en quête d'une étrangère, Phoolan *Devi* — une prisonnière. D'elle, j'avais pu me faire une idée moins floue à partir de quelques entretiens accordés juste après son arrestation : des propos où éclatait, à chaque phrase, une force inouïe.

Sans l'avoir approchée, ce qui m'a d'abord séduite en elle, c'est la parole. J'emploie à dessein le terme biblique. Ses mots, à chaque instant, étaient violents et justes, comme venus d'un autre monde, de temps premiers où ils n'étaient pas maigres, usés, mais sacrés, jamais dits pour ne rien dire. Même sans la voix, leur puissance était contagieuse ; la banalité du papier journal ne les affadissait pas, loin de là. À cela seul, d'emblée, j'ai pressenti que la vie de mon étrangère, elle non plus, n'avait pas été maigre ; et que cette jeune paysanne illettrée avait beaucoup à m'apprendre. Rien que pour ce qu'elle avait dit, j'ai eu envie de la rencontrer.

Une autre raison fit tourner ce désir à l'obsession. Phoolan Devi était indienne. Je n'étais pas retournée en Inde depuis sept ans — un éloignement volontaire, la crainte, après *Le Nabab*, que cette terre aimée, trop aimée, ne devînt ma source unique d'écriture. Et pourtant, je savais qu'inéluctablement je retournerais là-bas : entre l'Inde et moi, c'est une très vieille histoire. Un amour ancien et secret où, comme dans toutes les passions, je n'arrive pas à voir clair. Je ne peux que me souvenir.

*
* *

La topographie intime est unique et indicible, sans justification, comme tout ce qui s'abreuve à la source de la mémoire. Mais il y a aussi les faits : autre forme du *karma* indien, cette fatalité reçue en même temps que la vie et avec laquelle les mortels ne sauraient marchander. Dans mon cas, j'en conviens, le trait du destin est forcé : je suis née à Lorient, à quelques encablures d'une longue promenade toujours nommée quai des Indes.

La ville s'est jadis orthographiée L'Orient, pour une raison qui semble sortie d'un conte : il y a trois siècles, aux plus beaux temps de la Compagnie des Indes, on y construisit un vaisseau particulièrement splendide. Il était destiné à aller chercher dans les mers orientales tout ce qui donne à la vie parfum de luxe et de bonheur, épices, soieries, pierres précieuses, thé, café, porcelaines. L'or aussi, bien sûr, au mépris des flots et des vents, là où, croit-on, le soleil le forme en se levant. Comme signe de sa vocation marchande et des rêves qui accompagnaient alors les cargaisons maritimes, le navire fut baptisé *L'Orient*. Le bâtiment était magnifique ; le port, tout neuf, n'avait pas encore de nom. Tout se confondit dans l'esprit des habitants, la rade et le bateau ; et cette rude lande bretonne où rien n'appelait les rêves de nuits de Chine et des Indes galantes se retrouva affublée du mot alors le plus prompt à faire galoper les imaginations : l'Orient.

Je repense souvent à ces temps qui précédèrent la Compagnie des Indes. Il n'y avait rien, dans cet estuaire perdu entre ajoncs et marécages ; rien que la mer qui remonte deux fois le jour dans le lit des rivières, rien que d'épaisses forêts, dans l'arrière-pays, où tailler des charpentes de navires ; enfin des gisements de granit gris. Le jour où Colbert décida, depuis son lointain bureau, d'y installer la Compagnie, il désigna l'endroit d'une formule sans ambiguïté : « terrains vagues et inutiles ». Sans le savoir peut-être, lui le marchand ami des chiffres, il avait fait de ces quelques âpres arpents le territoire des rêves.

Il ne reste pas grand-chose de ce temps-là. Pour commencer, d'un trait de plume imbécile, un bureaucrate paresseux et sans poésie s'avisa, quelques décennies plus tard, de mutiler L'Orient de sa double majuscule et de sa pensive apostrophe ; si bien qu'aujourd'hui il ne se trouve plus guère d'habitants pour savoir que la ville doit son nom à l'un des fantasmes les plus tenaces de l'imaginaire occidental. La Seconde Guerre mondiale fit le reste : le centre historique de la ville — remparts, hôtels particuliers, magasins de la Compagnie — sombra presque entièrement sous les bombardements. Du vieux Lorient de Colbert et Choiseul ne demeura presque rien, hormis deux constructions peu spectaculaires, mais à la désignation hautement symbolique : un vieux phare branlant, celui d'où l'on guettait le retour des navires, la Tour de la

Découverte ; et, le long du grand bassin où allaient naguère s'amarrer les navires marchands, les pierres fatiguées du quai des Indes.

*
* *

Je suis née dans une ville détruite. Mes parents avaient perdu pendant la guerre le peu qu'ils possédaient. Autour de moi, il n'y avait que du béton, des routes fraîchement goudronnées ou des ruines, des bâtiments provisoires — les milliers de baraques où s'entassaient les ouvriers du port et ceux qui rebâtissaient la ville. Rien ne ramenait au passé, sinon à celui de cette guerre qui revenait sans cesse dans les récits des adultes. En dehors des plages et du jardin de mes parents, le paysage où je grandis était sinistre : le Mur de l'Atlantique, la base sous-marine, les avions abattus qui achevaient de rouiller, alignés en pleine ville sur un immense terrain vague, les dizaines et les dizaines de blockhaus — « n'allez pas jouer là-dedans, on ne sait jamais, s'il reste des mines, des bombes... » Je haïssais ce monde-là.

*
* *

Je n'arrive pas à situer le moment où j'ai découvert le quai des Indes. Nous avions la chance de vivre dans une vraie maison, un morceau de ferme reconverti en une sorte d'appartement, au milieu de champs et de jardins que commençait à gagner la contagion du bétonnage. Mais aller « en ville » était encore une sorte d'expédition — on s'y rendait à pied, et seulement pour « faire des courses ». Dans l'attente de la reconstruction, les commerçants avaient eux aussi abrité leurs boutiques dans de fragiles baraques. Elles se trouvaient quai des Indes.

Je crois que ce que j'ai d'abord aimé là-bas fut le plaisir des achats : les éventaires, le frémissement du choix, la joie attendue des objets, le moment étrange, toujours un peu fébrile, où l'argent passe de main en main.

Je me revois aussi devant le quai. De grosses pierres massives et irrégulières — rien à voir avec le béton ni avec le goudron. À leur grosseur, à leur usure, je devine des temps cachés loin, beaucoup plus loin, en tout cas, que cette guerre qui revient à tout propos dans les conversations. Quand la marée est basse, de longues grappes de goémon bistre s'avachissent contre les parois du quai. Il est scellé de lourds anneaux rouillés ; eux aussi parlent de temps que je ne connais pas.

Un jour ou l'autre, inévitablement, j'ai dû demander : « C'est quoi, les Indes ? » Je n'en garde aucun souvenir, pas davantage de la réponse qui me fut donnée. J'ai en revanche une mémoire très précise de l'image que m'évoqua le mot. Une couleur, d'ailleurs, plus qu'une image. Elle n'a pas changé depuis mon enfance. Quand j'entends dire *Inde*, je vois du violet. Ou plus exactement du violine — à mi-chemin entre le pourpre et le violet. Une couleur riche et étrange, composite, mystérieuse. Immense et rare. En tout cas, c'est l'idée que je m'en fais à cet âge-là — quatre ou cinq ans —, petite fille qu'on dit sage et facile, alors que je passe déjà mon temps à me raconter en secret des histoires affreuses, rien que pour me faire peur...

*
* *

Puis vient l'histoire des assiettes Compagnie des Indes. J'ai grandi, il paraît que je suis « en âge de comprendre ». On m'emmène dans une exposition consacrée au vieux Lorient. On me raconte l'anecdote du beau navire qui donna son nom à la cité, on me fait monter au sommet de la Tour de la Découverte. Puis on me montre d'énormes clefs, celles de la ville, me dit-on, du temps où elle était ceinte de remparts. On me parle d'une guerre où les ennemis n'étaient pas les Allemands, pour une fois, mais les Anglais. Toujours des guerres — je m'ennuie. On me désigne le blason de la ville : un vaisseau voguant toutes voiles dehors sur une mer symbolique, assorti d'un magnifique soleil levant. On me commente son emphatique devise latine : *Ab oriente refulget* — « c'est de l'Orient que resplendit la lumière ». Je me morfonds de plus en plus. Puis on me pousse devant une vitrine bourrée d'assiettes.

Il paraît qu'elles ont été entreposées dans des caves et qu'elles ont été miraculeusement sauvées des bombardements. Je n'écoute plus. Je ne quitte plus des yeux les porcelaines. Des dragons, des pagodes bleues. Des monstres fous, de longues dames aux yeux fendus. On me répète que ces assiettes sont des objets précieux, fragiles, on m'explique que les navires, autrefois, il y a longtemps, du temps des rois, les rapportaient de très loin, au mépris des tempêtes. Je ne bouge plus. Pour la première fois de ma vie, je découvre que le passé peut être beau.

Ces porcelaines ont flotté pendant des années au fond de ma mémoire — une sorte d'arrêt sur image extrêmement troublant dont je ne parvenais pas à me déprendre, alors même que je commençais d'en entrevoir le sens. Ainsi, je m'aperçus un jour que la scène avait eu lieu non dans la Tour de la Découverte, comme je le croyais, mais à l'hôtel de ville : cette confusion, engendrée sans doute par le nom du vieux phare, se passe de commentaire. Puis j'ai pensé que le surnom que mes parents m'avaient donné, «la Chinoise», à cause de mes yeux alors très bridés, avait été pour beaucoup dans cette précoce fascination orientale : une sorte de narcissisme enfantin, en somme, de reconnaissance de soi à travers un univers inconnu. Puis je fus un jour arrêtée par des vers de Victor Segalen, et je crus tenir enfin l'explication de cette image récurrente :

> «Car j'habite une chambre avec porcelaines,
> Un palais dur et brillant
> Où l'imaginaire se plaît.»

J'incriminai alors la matière même de la porcelaine, sa magie si particulière : figé sous le glaçage de la couverte, vit un monde d'apparences qui, tout fictif, tout stylisé qu'il soit, semble plus vrai que la réalité. Quoi de plus exaltant pour un enfant à qui la vie, je puis l'avouer maintenant, paraissait constamment trop faible ?

Je ne suis pas sûre de l'explication. Mais, il y a quelques années, je suis parvenue à museler ce souvenir obsessionnel quand j'ai retrouvé « mes » assiettes à Port-Louis, dans une vitrine du musée de la Marine. Je suis restée dix bonnes minutes à les scruter, à traquer mon fragment d'enfance sous le gel de la porcelaine. J'avais beau faire, quelque chose m'échappait irrémédiablement ; sans doute parce que j'étais allée au bout de cette route des Indes qui s'était ouverte, au hasard d'une exposition, devant mon regard de petite fille.

J'ai fini par tourner le dos à la vitrine, résolument, sans un regret. Les assiettes bleues et blanches ne me poursuivent plus. J'espère tout de même continuer d'habiter, en secret, le palais dur et brillant des mondes imaginaires...

*
* *

Une autre image m'a longtemps pourchassée, dont je savais qu'elle était indienne, mais dont j'ai longtemps ignoré l'origine exacte. C'est une séquence de film ; je dois être très petite, je ne comprends rien à ce qui se passe sur l'écran, on m'a simplement expliqué que c'est « une histoire de bêtes qui se déroule aux Indes ». Le film est en noir et blanc. Je me rappelle une seule scène : un gros plan sur le sol d'une salle de bains — du ciment percé d'une bouche étoilée, destinée à évacuer l'eau de la douche. L'image transpire de chaleur et d'humidité. Brusquement, la bouche se soulève, un serpent en sort lentement. Je suis si terrorisée qu'il faut, pour me calmer, me raconter la fin libératrice du film : le serpent va être vaincu par une valeureuse mangouste, son ennemi naturel, qui l'attend à la sortie de la douche.

Les autres séquences se sont effacées de ma mémoire. Mais la figure d'un second Orient s'est alors gravée en moi, le versant noir de la chambre avec porcelaines, celui d'un pays dangereux, inquiétant, voire cauchemardesque. Cette image m'a poursuivie autant que celle des assiettes : pendant des années, j'ai cherché quel pouvait bien être ce film. Une de mes sœurs, plus âgée, a fini par s'en souvenir : il s'agissait d'une adaptation d'une nouvelle de Kipling, *Riki-tiki-tavi la mangouste*.

À ce jour, je n'ai pas revu ce film. Mais, en 1990, à l'hôtel de Gwalior où j'étais allée attendre de la lente bureaucratie indienne l'autorisation de rencontrer Phoolan Devi, quel ne fut pas mon trouble quand je découvris que le sol de ma salle de bains — un simple et rude ciment, comme dans la séquence qui m'avait fait si peur — était percé d'exactement la même bouche étoilée. Pour comble, tout, dans l'hôtel, était frappé à l'emblème de deux cobras dressés dans la posture de l'attaque : les portes, le linge, le papier à lettres, le menu, les couverts, la moindre pièce de vaisselle. Que dire de ces moments-là, où l'on perd pied entre le présent et la mémoire, entre le réel et le fantasme, où la vie ressemble à une boucle qui se referme — pour étrangler, pour libérer ?

*
* *

Hormis ces éclats de mémoire vive, ces balises qui me ramènent à ce que j'ai de plus intime, le reste de ma « mémoire indienne » relève de l'imagerie commune. Les clichés répandus dans la littérature et les films pour enfants des années cinquante continuaient d'ignorer que les Indes — cette géographie confuse et plurielle où les Occidentaux entreposaient jadis tout ce que le monde était censé compter de démons et merveilles — avaient définitivement sombré et qu'entre autres nations modernes avait surgi de leurs cendres un pays, l'Inde de Gandhi et de Nehru, singulier à bien des égards dans son effort courageux pour concilier ses traditions multimillénaires et la modernité. Les souvenirs qui constituent la deuxième strate de ma mémoire indienne n'ont donc rien d'insolite : la scène du film *Le Tour du monde en quatre-vingts jours*, où une veuve doit se jeter dans le bûcher funèbre de son mari ; les vaches sacrées de Delhi au début de *Tintin au Tibet* ; l'hypnotiseur enturbanné des *Sept boules de cristal*, le sari de la voyante Yamilah. Dans *Le Lotus bleu*, le fakir en transes sur sa planche à clous, le tigre qui se jette sur l'éléphant de Tintin, le maharadjah de Rawhajpoutalah qui jure par Brahma et vit sous la menace d'une bande d'abominables trafiquants de drogue armés de seringues gorgées de radjaïdja, le poison-qui-rend-fou. En somme, génialement résumés par Hergé, la quasi-totalité des clichés qui peuplent les imaginaires occidentaux depuis Jules Verne, Kipling et plus généralement les romans d'aventures du siècle passé. Palais, palmiers, perles, poisons, fauves, pierres précieuses, traîtres, princes richissimes, magie, mystères, dieux dansants aux multiples bras : dans cette panoplie d'images préfabriquées, il ne manquait que la misère.

Je ne parviens pas, cependant, à mépriser cet attirail de facilités exotiques, le deuxième étage de mon Inde imaginée. Il y a peu, j'ai retrouvé sur le boulevard Saint-Michel une des ces vieilles bandes dessinées violemment bariolées de palmes et de ciels immuablement bleus, qui me faisaient tellement rêver entre huit et douze ans : *Lili aux Indes*. Alors même que je venais de passer des semaines sur les chemins poussiéreux du Madhya Pradesh, entre villages et ravines, si loin des palais, des jardins jasminés, des coupoles dorées, des fontaines de marbre, des jungles luxuriantes qui forment le décor ordinaire de nos fantaisies occidentales, ce fut plus fort que moi, il a fallu que je l'achète, cette bande dessinée, et que je la relise sur-le-champ, dans un mouvement compulsif qui, au bout du compte, ne m'a pas étonnée. Car il est un temps pour tout ; et, n'en déplaise aux amateurs de faits bruts, l'enfance a d'abord besoin de se nourrir de rêves, si stéréotypés soient-ils, pour s'en aller affronter d'un pas plus sûr l'âpreté du réel.

*
* *

Très curieusement, ma route des Indes a évité l'itinéraire si souvent emprunté par les adolescents de ma génération, et qu'on résume généralement par le titre d'un ouvrage et d'un film célèbres, *Les Chemins de Katmandou*. À la jointure des décennies soixante et soixante-dix, le temps de mes vingt ans fut pourtant la grande époque des routards, hippies et autres *freaks*. Après les Beatles, il était de bon ton de s'habiller de cotonnades indiennes, de se parfumer d'essence de patchouli. On parlait karma et gourous, on écoutait religieusement, en inspirant l'encens ou le cannabis, Ravi Shankar donner les répons à Yehudi Menuhin. Les jeunes étudiants européens indianisaient avec la même fureur sérieuse et naïve que les salonnards, deux ou trois siècles plus tôt, quand ils donnèrent dans la turquerie ou la chinoiserie. Une de mes meilleures amies m'écrivit un jour de Bombay où elle venait d'arriver après des mois de voyage en stop à travers l'Asie. Ses récits étaient tout à la fois désespérés et fascinés. Manifestement, elle ne comprenait rien à ce qu'elle découvrait. Le polythéisme, les castes, la détresse des gens des grandes villes, l'étrangeté des rites, l'apparent chaos du pays, tout la troublait ; et elle en était aussi profondément morfondue, parce qu'elle n'y trouvait rien de ce qu'elle était venue y chercher, comme tant d'autres, à la suite du plus étrange flux migratoire qui draina jamais les Occidentaux vers l'Inde : une alternative à la société de consommation qu'une partie de la jeunesse avait alors prise en grippe.

Moi aussi, à cette époque-là, j'ai aimé l'encens, le patchouli, les cotonnades et Ravi Shankar. Mais je n'ai pas eu envie de partir pour l'Inde — pas un instant. Quelque chose en moi s'y opposait très violemment. C'était sans doute l'intuition que ce voyage-là, en ce temps de ma vie, et peut-être, davantage encore, à cette période que traversait l'Occident, était le pire moment pour s'en aller à la rencontre de l'Inde. C'était une mode, ni plus ni moins. J'en acceptais les oripeaux, ils étaient dans l'esprit du temps ; mais, sans doute avertie par des signaux venus de très loin, je pressentais que nous n'étions encore que des enfants en mal de déguisement.

*

* *

Mon premier contact physique avec l'Inde eut lieu quelques années plus tard, en 1978, à l'île Maurice, alors que je m'étais mise en quête des traces laissées par les marins bretons qui essaimèrent il y a deux siècles dans les archipels des Mascareignes. C'est là que, pour la première fois, je vis des foules de femmes habillées en sari, que je respirai le curcuma et la garam massala ; la première fois surtout que j'approchai ce à quoi, la plupart du temps, se résume pour un Occidental le mystère de l'Inde : ses dieux.

Le hasard me conduit vers le moins indifférent d'entre eux : la déesse Kali. Ce qui me surprend au premier coup d'œil est la dimension du temple. Un escalier, une *cella*, une statue — c'est tout. Mais mon début de déception se dissipe vite. De façon très puérile, mon regard se fige sur les bras multiples de la déesse : face aux débordements de l'imaginaire indien, l'Occidental se retrouve souvent ainsi, les premiers temps, bouche bée ; l'espace de quelques secondes il redevient enfant — ce qui d'ailleurs, dans ce trouble, n'est pas le moins salutaire. Puis la couleur de la statue envahit mon champ visuel : un rouge franc, sanguinaire, gueulard ; j'ai l'impression, comme un alcool trop fort, qu'il me monte à la tête. Mes yeux s'enfuient vers les offrandes, le mélange, à même la pierre, de beurre clarifié et de guirlandes qui se fanent. Des légions de mouches bombinent au-dessus de cette petite flaque putride. L'Inde, c'est donc cela ? J'allume un bâton d'encens et je me dépêche de tourner les talons. Pourquoi m'en cacher ? J'ai peur.

*

* *

Frayeur incompréhensible, incontrôlable : je la retrouverai souvent, au cours de mes pérégrinations indiennes.

Tous les voyageurs en Inde la connaissent — du moins ceux qui s'écartent, si peu que ce soit, des balises du tourisme ordinaire. Cette peur-là est unique ; c'est rarement celle de l'insécurité, la banale alarme qu'on ressent dans nos villes de l'Ouest au cœur des banlieues revêches, au fond des trop longs couloirs de métro ou des parkings déserts. J'ai beaucoup de mal à la définir ; il s'y mêle toujours l'enthousiasme de la découverte et l'irritation de ne rien comprendre à des spectacles qui s'offrent avec une si violente spontanéité et se refusent presque autant à la compréhension — à notre entendement d'Occidentaux, tout en analyse, en rationnelle dissection.

Le voyageur en Inde l'éprouve au moins une fois, cet étrange électrochoc qui fait qu'il ne rentre pas en Occident sans s'en trouver changé. C'est que l'Inde, au lieu de nous conduire à elle-même —

comment le pourrait-elle, civilisation éminemment plurielle, composite, multimillénaire, démesurée, colossale, j'allais écrire éléphantesque... — renvoie constamment les Occidentaux, par un détour qui leur échappe sans cesse, à ce qu'ils ont de plus inconnu en eux-mêmes. Sans leur livrer pour autant de grandes vérités, contrairement à ce que croyaient les hippies. Car, là-bas davantage qu'ailleurs, on ne découvre l'insoupçonné qu'en se perdant, non en le cherchant. Vite égaré dans une forêt de signes qu'il a trop vite cru déchiffrables, l'Occidental y oublie en quelques jours, voire en quelques heures, ses jalons essentiels, ceux qui font que nos jours s'enfilent les uns aux autres comme les perles d'un collier, sans heurts excessifs, sans questions insolites. Une étrange dérive intérieure commence ; et, si solide soit-on, on devient pour soi-même, au moment où l'on s'y attend le moins, comme un grand lac d'eau noire. Dans *Nocturne indien*, Tabuci définit cet état comme celui d'« une âme portant son corps comme une valise ». Je trouve la formule optimiste ; et, pour ma part, j'ai envie de la renverser : là-bas, j'ai plus souvent éprouvé la sensation que mon corps devait supporter le fardeau d'une âme plus accablant que dix malles-cabine...

On supporte ou non ce poids. Les aéroports indiens sont peuplés de voyageurs effarés ou à bout de nerfs, prêts à tout à condition de retrouver dans les vingt-quatre heures la banalité de leur décor familier et, davantage encore, le confort de leurs repères intellectuels et sensibles. Leur déception et leur exaspération proclamées dissimulent le plus souvent la terreur panique qui les a investis face à ce gouffre brusquement ouvert devant eux, sans contrôle possible, et infiniment plus obscur que l'Inde : eux-mêmes.

L'instant est lourd, sans issue. L'épreuve n'épargne personne. L'une des meilleures façons de l'endurer consiste à s'appuyer, tel le héros de Tabucci, sur le leurre de poursuivre en Inde un objectif précis. Pour autant, on n'évitera pas, à un moment ou à un autre, cette terreur bizarre. Le roman de Forster, *A Passage to India*, tout entier fondé sur la relation d'un de ces moments de panique, résume l'expérience par son seul titre. Un voyage en Inde est un aller simple : dans tous les sens de l'expression, on n'en revient pas.

*

* *

Mon premier voyage en Inde, avant et pendant la mousson de 1980, eut pour prétexte une enquête sur un mort, René Madec, farouche Breton de Quimper, embarqué à Lorient en 1754 sur un navire de la Compagnie, et qui, un peu plus tard, lors d'un séjour à Pondichéry, décida de « se faire un chemin dans l'Inde ». Sa belle opiniâtreté et ses talents militaires lui valurent d'y parvenir : il y amassa une fortune et s'y fit nommer nabab, à la faveur de la décomposition qui s'était alors emparée des États du Moghol. Après quelques débordements divers sur lesquels il préféra ne jamais s'expliquer, il se rangea, se maria, nourrit quelques grandes ambitions politico-guerrières qui se heurtèrent à l'incompréhension de Choiseul et de ses successeurs. Fatigué et déçu, il revint mourir, en 1784, à l'endroit même où il était né, sur les rives de l'Odet, à Quimper-Corentin.

J'étais partie à la recherche d'un mort. J'ai découvert une terre intensément vivante. Je n'étais pas arrivée à Delhi que j'avais oublié presque tout ce que je savais sur Madec. Je me suis laissé envahir, submerger, décaper par l'Inde. J'ai continué de remonter patiemment le fil d'un destin oublié, mais, à mesure que s'écoulaient les jours, à mesure aussi que je m'abandonnais aux rencontres, aux incessantes surprises du voyage, j'avais l'impression de me retrouver réduite à l'essentiel : un regard, des narines, l'envie d'écrire. En quelques semaines d'odeurs, de couleurs, de poussière, de boue, de pluie, de chaleur, de foules, de colères — et bien entendu de peurs —, j'avais retrouvé ma certitude de très jeune enfant : rien n'est vrai ici-bas, la vie n'est jamais qu'un conte. La terre indienne m'avait rendue à ma source première : imaginer, raconter.

*
* *

Entre autres pérégrinations, je voulais me rendre dans une région située entre Kanpur, Gwalior et Agra où mon lointain compatriote avait commencé ses exploits en se mettant au service d'un roitelet local, le radjah de Godh, qui n'arrivait pas à faire rentrer les impôts dans ses caisses. Ces districts étaient un peu écartés des routes et la mousson gênait tous mes déplacements. J'ai manqué de temps, j'ai dû y renoncer, me contentant d'une petite équipée autour d'Agra. Je me suis étonnée d'y découvrir, d'un seul coup, quelques paysages tourmentés. Je les ai pris pour un accident isolé. En fait, je l'ai su ensuite, c'était le début des ravines.

Car le hasard me fit rencontrer, quelques jours plus tard, dans un hôtel de Jaipur, un Français qui connaissait bien la région. Il était emporté par la même étrange dérive que moi — submergé, englouti par l'Inde. Mais cet envoûtement durait depuis des années ; il en était, je crois, à son sixième voyage ; et il voulait désormais, contre cette folle passion, une sorte de garde-fou. Il ne cessait de me répéter : « Comme vous avez de la chance d'être venue ici pour chercher quelqu'un... » Il passait son temps à vagabonder loin des routes, bardé d'objectifs et de rouleaux de pellicule, dans l'espoir que sa chambre noire puisse un jour piéger le mystère qui, depuis des années, se dérobait devant ses pas.

Il parlait parfaitement l'hindi. Il s'était rendu dans la région de Gwalior, il me la décrivit avec force détails. C'est lui qui, le premier, me parla des ravines, puis des bandits. Il n'employa pas ce dernier terme, du reste, il prononça le mot hindi, *dakoït*. Il n'en avait pas rencontré ; mais, lors de ses randonnées dans la région, on l'avait souvent mis en garde. Ces multiples allusions aux bandits n'étaient pas, d'ailleurs, ce qui l'avait le plus frappé, mais la singulière configuration du pays. « Une terre tavelée », me disait-il sans arrêt dans un curieux mélange d'enthousiasme et de dégoût. « Un paysage lunaire, terrifiant. On y trouve de belles ruines qui vont bientôt sombrer, avec le reste, dans les crevasses de la terre. » Il ne s'y était guère attardé — juste le temps de quelques photos. Il m'en offrit une. C'était celle des restes d'un mausolée moghol. Au premier plan s'élargissait une gigantesque fissure terreuse d'où semblaient sourdre tout ce que le monde d'en bas compte d'esprits méphitiques.

Après cette conversation (elle se déroula, je m'en aperçois maintenant, au moment précis où Phoolan Devi fut enlevée, séquestrée et violée par ses ennemis jurés), je renonçai sans trop de regret à mon expédition dans les campagnes de Godh. Mais je fus très impressionnée par la description de ce voyageur. Un an plus tard, survolant la région, entre Agra et Khajuraho, je passai puérilement le temps du voyage à chercher les ravines, le visage collé au hublot. Elles ne sont pas assez profondes pour créer, à plusieurs milliers de pieds d'altitude, un effet très spectaculaire. Elles n'en sont pas moins visibles : de part et d'autre des rivières Yamuna et Chambal, c'est un long réseau de stries brunes — comme des vergetures barrant le vieux ventre de l'Inde.

J'ai conservé avec soin la photo du mausolée des ravines offerte par mon voyageur errant. Sept ans plus tard, lorsque j'ai commencé mon enquête sur Phoolan Devi, c'est elle que j'ai ressortie en premier de mes cartons d'archives ; un peu plus tard, quand j'eus progressé dans mes recherches, je me suis aperçue que les paysans de la région sont intimement persuadés, comme la photo me l'avait suggéré, que leur terre est gorgée de puissances maléfiques. Cela remonte, assurent-ils, à l'époque où les géants furent abattus par la Grande Durga, Maîtresse de toutes les guerres. Leur sang s'est mêlé à la terre des ravines. Pour les conjurer, ils invoquent Nirrti, déesse des fissures.

Un policier de Gwalior me l'a confirmé. D'après lui, la proximité des gorges expliquait à elle seule le banditisme qui ravage la région depuis le haut Moyen Âge. L'équipée de Phoolan Devi ne représentait pour lui qu'une péripétie dans l'histoire sauvage de ce pays fantomatique : « Elle est née trop près des ravines », me confia-t-il au cours d'une de ces longues soirées où il me faisait miroiter, une fois de plus, l'espoir de me la faire rencontrer. Et il ajouta, en choisissant des termes occidentaux propres à me faire saisir la puissance des forces mauvaises qu'il attribuait aux ravines : « Ces gens-là, un jour ou l'autre, le diable vient les chercher. Pour un bandit que nous tuons, nous autres policiers, la terre en crache dix qui les remplacent aussitôt. »

Il en paraissait sincèrement convaincu. Il m'expliqua aussi que la bataille entre Durga et les géants, si elle s'était soldée par la défaite des monstres, avait connu un rebondissement inattendu quelques siècles plus tard : leurs dents, qui contenaient les semences de toutes les colères, étaient allées rouler au fond de la rivière Chambal. Dès lors, me dit-il, les germes du courroux n'avaient plus cessé de s'y multiplier.

Or la Chambal traverse les ravines ; il n'est pas un paysan des ravines qui ne s'y soit un jour baigné ou désaltéré. Je n'étais guère disposée à les imiter, pour de simples raisons d'hygiène — l'organisme occidental, comme on sait, perd là-bas, lui aussi, une bonne partie de ses défenses. Néanmoins, mon policier conclut ses confidences sur un avertissement fort sentencieux : « Ne buvez jamais l'eau de la Chambal. Quiconque s'y risque boit en même temps l'esprit de la révolte... »

*
* *

C'était cela, la révolte, qui m'avait frappée d'emblée, le jour où j'avais entendu parler de l'histoire de Phoolan Devi, à la mi-février 1983, peu après sa reddition. Mais, davantage encore, j'avais été éblouie par la modernité du personnage : voilà une femme qui n'avait plié devant rien. Ni devant sa famille, ni devant son village. Elle avait voulu, à treize ans, ne dépendre de personne, dans un monde où depuis toujours solitude vaut mort. Rien n'avait eu raison de son insoumission foncière, ni la réprobation générale, ni les tortures imposées par les bandits ou par les autorités policières. Deux années durant, elle avait déjoué les ruses de toutes les polices comme les embuscades des gangs ennemis. Elle avait aussi refusé le sort commun des femmes : un mari imposé à onze ans, l'asservissement à un oncle puissant. Dans l'une des sociétés les plus oppressives de la planète, elle s'était choisi elle-même ses amants — le premier alors qu'elle n'avait pas quinze ans. Puis elle avait réclamé et obtenu justice pour son père. Elle ne manquait pas de grandeur d'âme : c'était lui qui l'avait vendue à un homme brutal, de vingt ans son aîné. La même impérieuse grandeur se manifesta plus tard, quand Phoolan Devi brandit sa mitraillette contre ses violeurs, responsables aussi de la mort de son amant : autant pour venger son assassinat que pour effacer sa propre humiliation.

*

* *

Longtemps on avait ignoré son visage : telle une déesse, Phoolan Devi ne s'était montrée qu'au moment où elle avait publiquement déposé les armes. L'instant fut solennel, la mise en scène grandiose : une estrade dressée devant deux mille personnes sur le toit d'un collège recouvert pour la circonstance d'un dais surpiqué d'étoiles multicolores, comme pour les fêtes ou les mariages. On était accouru de partout : son apparition représentait pour les Indiens une véritable théophanie : une déesse allait se dévoiler, on pourrait voir, toucher, figer sur la pellicule la chair de la justice — ou celle de la haine, selon qu'on l'adorait ou qu'on l'abominait. Phoolan Devi elle-même avait voulu accentuer la sainteté du moment. Du policier Rajendra Chaturvedi, qui avait négocié avec elle les conditions de la reddition, elle avait exigé la présence sur l'estrade d'un portrait du Mahatma Gandhi et d'un chromo représentant la déesse Durga, patronne des batailles, qu'elle n'avait cessé d'invoquer, confiait-elle, tout au long de sa cavale. « Sache que ce n'est pas à la justice des hommes que je me rends, avait-elle proclamé à la face du policier Chaturvedi, mais à l'âme du Mahatma et à la force de la déesse. » Elle prétendait tenir cette injonction de la déesse elle-même, qui venait souvent, disait-elle, la visiter en songe ; elle la nomme dans ses confidences, de façon désarmante, « la petite dame de mes rêves ». C'était aussi la déesse, assurait-elle, Durga l'Invincible, l'Inaccessible, la Chevaucheuse de tigres, la Pourfendeuse des démons, qui l'avait protégée de tous les dangers rencontrés dans les ravines; elle encore qui lui avait soufflé, contre toute raison, la prémonition d'une embuscade de la police, juste avant un raid ; elle qui l'avait avertie de la présence d'un serpent très venimeux dans son duvet, une nuit qu'elle dormait dans les gorges. Une autre fois, elle lui avait annoncé en rêve qu'une jeune panthère s'était endormie à côté d'elle, sous la bâche qui la protégeait du froid.

Dans les entretiens qu'elle avait accordés, Phoolan Devi s'était montrée beaucoup moins prolixe sur le Maître consulté au cœur de la forêt chaque fois qu'elle avait perdu courage ou hésité sur le parti à prendre. Il vivait au fond des jungles, s'était-elle contentée de lâcher, il lui avait remis une amulette ; il semble aussi que ce soit lui qui ait fixé la date de la reddition, le 12 février 1983, comme il lui suggéra peut-être l'idée des deux portraits sur l'estrade.

Il n'en fallut pas moins, en tout cas, pour que les paysans pauvres de la région commencent à vouer à Phoolan Devi le même culte qu'à une déesse. Ils façonnèrent des statuettes de glaise à son effigie, on en vendit sur les marchés, aux alentours de Kanpur. Les premiers temps de son emprisonnement à Gwalior, on vint de loin, on piétina des heures rien que pour effleurer sa chair, s'incliner devant elle, ceindre son cou de guirlandes, déposer à ses pieds quelques offrandes.

Contrairement à la Grèce antique, l'Inde ignore le héros, race métisse, hybride entre le dieu et le simple mortel. Devant la fulgurance d'un destin, elle balaie dans l'instant les hiérarchies dont elle est par ailleurs si friande. En quelques jours, elle hissa Phoolan Devi, la pauvresse, la sauvageonne, la rebelle, l'amoureuse, la vengeresse, jusqu'à la dignité suprême : le rang des dieux.

*
* *

Idée parfaitement étrangère à mon esprit occidental. Il n'en était pas moins flagrant, à la seule lecture de quelques coupures de presse, que l'équipée de Phoolan Devi portait tous les stigmates de ce qui fait les mythes universels. Pour commencer, on ignorait son âge exact. On situait sa naissance à la fin des années cinquante, à un moment où l'état civil était inexistant dans nombre de villages. Au moment de sa reddition, on lui attribuait entre vingt-deux et vingt-six ans ; et Phoolan Devi jouait de cette incertitude, qui se vieillissait ou se rajeunissait au gré des circonstances.

L'important n'était pas là. Ce qui m'arrêta, c'est qu'en pleine jeunesse Phoolan Devi avait déjà tout vécu de ce qui transforme une vie en destin, et surtout de ce qui métamorphose un destin en mythe. Elle avait incarné une bonne partie des figures qui hantent les plus vieilles légendes ; et ces mythes étaient familiers à l'esprit occidental. Enfant rejetée par sa famille, livrée à la sauvagerie des gorges, Phoolan Devi avait commencé comme une Cendrillon sans prince, une Peau-d'Âne privée de roi. Ensuite, au bord du fleuve, dans les bras de son jeune amant Kailash, elle avait vécu les rêves et les émois de Juliette face à Roméo, mais elle avait vite compris que, si l'amour a goût d'éternité, il n'est qu'une écriture sur de l'eau, comme le reste. Quelques mois plus tard, enlevée par Babu — si grossier, si massif qu'on le décrivait souvent comme un ogre —, elle avait été miraculeusement sauvée par Vikram. Tous deux s'étaient alors aventurés dans les régions périlleuses qui finissent toujours par tenter les grands amants rebelles, Tristan et Iseut, Héloïse et Abélard. Dans son délire passionnel, Phoolan Devi s'était alors amusée à croire, sur les routes du Radjasthan et de l'Uttar Pradesh, qu'elle était un Robin des Bois femelle. Elle avait méprisé les jaloux et les traîtres qui n'avaient pas manqué, comme il fallait s'y attendre, de croiser son chemin. Pour une fois désinvolte, elle avait oublié que le monde était trop faible pour l'amour. Le drame n'avait pas tardé : l'assassinat de Vikram, le viol collectif. Au fond des jungles et des gorges, elle avait d'abord été Lucrèce, anéantie de honte ; puis, avec Man Singh, son nouvel amant, elle avait connu les joies sauvages, les terreurs de Bonnie and Clyde.

Il y eut de l'Andromaque en elle, lorsqu'elle perdit Vikram ; quand elle brandit sa mitraillette à la face de ses ennemis, elle ressembla presque trait pour trait à l'occidentale Calamity Jane. Mais tout au long de l'histoire, telle Antigone, elle n'avait jamais cessé de crier justice. Enfin, comme Judith, Électre et Médée, Phoolan Devi s'était vengée.

Alors, un autre fait me frappa : sa vengeance ne relevait pas de la vulgaire revanche matérielle, elle était d'ordre existentiel. Phoolan Devi avait été attaquée dans son être même — d'abord dans son être de femme —, et non dans ses biens. Si on ne l'avait pas insultée, à onze ans, par ce mariage conclu à la va-vite, au mépris de toutes les lois, avec un homme de vingt ans son aîné — premier viol, vente pure et simple d'un jeune corps avec l'agrément des familles et de la communauté villageoise —, peut-être la révolte, l'idée de justice n'auraient-elles jamais fait leur chemin en elle. Quand, trois ans plus tard, Phoolan Devi va réclamer dans un tribunal d'Allahabad la restitution du champ volé par l'un de ses oncles à son père Devidin — ce père, pourtant, qui l'a vendue à son mari —, c'est au nom de la plus élémentaire justice qu'elle la demande et qu'elle l'obtient : pour que sa famille, son frère, ses sœurs — menacées comme elle d'être un jour vendues à un inconnu contre une génisse, un lit et une vieille bicyclette — puissent manger à leur faim en conservant leur dignité. Et cependant, cette justice élémentaire, les gens comme son père, d'ordinaire, ne la réclament pas. Ils se soumettent. Même au sein de la caste, la loi qui régit tout est celle du plus fort.

Le jour où Devidin vient demander à sa fille de l'aider à récupérer son champ, il a déjà mesuré sa force : elle a osé le plus difficile, se dégager du maillage de règles tendu sur les villages depuis la nuit des temps. Elle pourra donc braver la loi du plus fort — peu importe qu'il soit mallah, comme eux, ou thakur, ennemi de caste. Le premier meurtre imputé à Phoolan Devi est d'ailleurs celui d'un mallah comme elle, le policier Mansouk. Le détail l'indiffère. En ce Mansouk elle ne vit sans doute que le mâle qui avait tenté de la violer, puis, par vengeance, l'avait emprisonnée avec trois bandits qui ne tardèrent pas à abuser d'elle.

Devant le monceau d'articles qu'elle avait suscités en Inde pendant ses deux ans de cavale, alors même que personne, en dehors de ses victimes, n'avait jamais vu son visage, je crus pressentir les raisons de l'incroyable coup de foudre qui brusquement avait uni Phoolan Devi et les médias indiens : une société en mutation s'était reconnue dans cette paysanne illettrée qui avait refusé le *dharma*, le réseau de règles sociales et religieuses imposé par l'hindouisme depuis des millénaires, et dont les castes, les contraintes alimentaires, le concept de pureté et d'impureté sont les aspects le plus familiers aux Occidentaux. Son équipée illustrait l'émergence douloureuse d'une revendication neuve — vraisemblablement sans qu'elle en fût consciente, mais les gens des villes, et surtout les jeunes, ne s'y trompèrent pas : ils virent dans son équipée un combat pour substituer au *dharma* les droits de l'homme. Car Phoolan Devi s'est avant tout révoltée contre la vie qui s'en va vers son terme assigné ; elle a voulu avoir le choix. Elle résuma un jour d'une phrase lapidaire son équipée dans les ravines : « Si on a l'occasion de choisir entre tout et rien, alors il faut tenter sa chance. »

La vie dans les gorges, pourtant, était d'une rudesse exceptionnelle. Hormis Putli Bai, dans les années cinquante, la première à revendiquer le titre de « Reine des bandits », aucune femme ou presque ne s'y était risquée. Si Phoolan Devi s'y aventura, c'est sans nul doute par amour pour Vikram ; c'est lui, ce « tout » qu'elle évoque dans sa belle formule : un statut inconnu de la plupart des femmes indiennes, une passion réciproque, une vie partagée dans la parfaite égalité. L'exact opposé de l'existence qu'on lui imposait au village. Ce destin bien à elle qu'on lui refusait, elle a décidé d'aller le chercher. Elle a voulu le choisir, au lieu de le subir.

L'individu qui échappe à la caste, la femme qui revendique le droit de choisir, le combat — fût-il inconscient — pour les droits de l'homme : voilà pourquoi, je pense, Phoolan Devi reste à l'heure actuelle aussi connue en Inde qu'Indira Gandhi, dix ans après sa reddition, et alors même qu'elle demeure emprisonnée, sans réel espoir d'échapper à sa geôle. Voilà pourquoi on parle si souvent d'elle (surtout les jeunes) avec tant d'enthousiasme. Non seulement parce que son mythe illustre — à tort, d'ailleurs — le rêve d'une sexualité sans entraves, dans une des sociétés les plus puritaines que l'on connaisse. Mais aussi parce que, en dépit de tous les handicaps qu'elle avait accumulés — femme de la campagne, de basse caste, illettrée, sans enfants, mal mariée —, Phoolan Devi a été assez libre pour s'inventer un personnage qui n'a jamais appartenu qu'à elle. Comble d'audace, elle le résuma dans un raccourci vestimentaire qui devint très vite le symbole de sa révolte : un *jean* et un bandeau rouge.

Si modernité il y a en Inde, elle est du côté de Phoolan Devi.

*

* *

Les quelques récits de sa vie que je consultai en février 1983 me frappèrent par une autre singularité. Les épisodes de sa brève existence étaient déjà fixés, dans leur enchaînement, à la manière d'un récit légendaire — sédimentés, quasiment figés. La fatalité qui avait conduit Phoolan Devi depuis son village perdu jusqu'à la une des journaux, celle qui avait fait d'elle l'égale en notoriété d'Indira Gandhi, cette nécessité tragique (au sens que les Grecs donnent à ce mot) était connue de tous, parfaitement identifiée. Le moindre journal indien, fût-il farouchement hostile à Phoolan Devi, le laissait clairement entendre : c'était parce qu'elle était née pauvre et de caste mallah, réduite par sa naissance, comme les pères de ses pères, à vivre du fleuve et non des terres que leur avaient arrachées les propriétaires thakurs, qu'elle avait été conduite à la vie de rebelle au fond des gorges.

D'être née femme fut sa seconde fatalité : mariée de force, empêchée d'amour vrai, contrainte à mener la vie de bête de somme qui est le lot de la plupart des paysannes indiennes, elle avait dit non. Et de ce premier *non* tout dérivait : la persécution par son cousin, qui la fit enlever par un gang, son viol par le chef du gang, la révolte de Vikram, bandit d'honneur, homme fier, qui lui aussi disait non. Sans ce *non* constamment partagé, la passion de Vikram et Phoolan Devi n'eût sans doute été que feu de paille. Quand ils furent trahis — dans les grands mythes se profile toujours aussi l'ombre d'un traître —, ce refus têtu et grandiose ne pouvait se manifester que par le sang : vingt-trois morts, pour laver l'opprobre de vingt-trois jours de viol et la mort de son amant.

*
* *

Quand je pris connaissance, en vue d'écrire un article pour le *Journal du Dimanche*, de l'épopée de Phoolan Devi, les plus apparentes de ces fatalités avaient donc été mises à nu. Mais, dans la documentation qu'on me remit à l'époque, je remarquai aussi nombre d'imprécisions et de contradictions. L'enchaînement des faits était toujours similaire ; cependant, ces récits ne se recoupaient jamais exactement. Tout se passait comme dans les Évangiles : le message essentiel était le même, les épisodes, sommairement identiques. Mais, dès qu'on voulait s'attacher aux noms, aux dates, dès qu'on voulait entrer dans le menu des choses, tout s'enchevêtrait, tout différait, tout s'opposait, se contrariait. Or le mythe est toujours fils du réel, et il aurait fallu des mois et des mois d'enquête pour y voir un peu plus clair.

Je n'avais pas envie, à ce moment-là de ma vie, de retourner en Inde : il en va de même dans certaines passions amoureuses où il faut se résoudre à s'éloigner de l'être aimé pour mieux revenir l'adorer. Je fus intriguée par Phoolan Devi.

Mais, en dehors de l'article qu'on m'avait commandé, quelque pressantes et fréquentes que fussent les invites à écrire sur son équipée, je m'y refusai.

*
* *

Un jour de l'hiver 1988, lorsque Maren Sell exhiba devant moi, sans un mot, une photo de Phoolan Devi, je sus immédiatement que j'allais accepter. L'Inde recommençait à me manquer. Cependant, je demeure certaine que Phoolan Devi ne fut pas un simple prétexte pour retrouver l'Inde. La plus apparente de mes déterminations, pour me mettre en quête d'elle, fut sans doute une immense curiosité. À présent que j'ai terminé mon livre, j'en distingue une autre, qui fait que de toute cette longue écriture je ne sors pas indemne, loin de là : une violence cachée, longtemps ignorée de moi, et qui s'est reconnue dans la sienne. Et, comme lorsque j'étais enfant, l'envie de me faire peur. Dois-je le dire : en l'occurrence, l'Inde me combla...

*
* *

J'avais posé comme condition première à l'écriture de *Devi* la nécessité absolue de faire ce que les journalistes appellent une « enquête de terrain ». Deux reporters australiens, dans les mois qui avaient immédiatement suivi la reddition, s'étaient procuré, par des moyens qu'ils ne tenaient pas vraiment à dévoiler, tous les rapports de police concernant l'affaire. Ils avaient publié un ouvrage alerte et précis, établi des chronologies et des dates, puis, à partir de ces rapports, une nouvelle version de l'histoire de Phoolan Devi. Mais il ne semblait pas qu'ils se fussent jamais rendus dans les ravines. Sans doute avaient-ils consulté des sociologues, interrogé quelques policiers de Gwalior — une ville, en revanche, qu'ils semblaient bien connaître.

Je me procurai également le récit d'une sociologue indienne qui avait rencontré Phoolan Devi dans sa prison durant les premiers mois de sa détention, du temps où elle n'était pas encore au secret.

Malgré leur austérité, ces documents, par leur précision, me rendirent plus attachant le destin de Phoolan Devi. Ils contenaient notamment de nouveaux entretiens et déclarations qui me fascinaient plus encore que les précédents.

Par exemple, la nuit où il l'avait enlevée, comme le chef de gang Babu la poussait sans ménagement dans sa barque en la menaçant de lui couper le nez, Phoolan Devi s'était fièrement redressée et lui avait jeté : « Ne te fatigue pas. Si je viens, c'est que je le veux. » Quelques jours plus tard, à l'instant même où Vikram, l'ayant sauvée de ses griffes, vint lui annoncer qu'il la prenait pour sienne et qu'elle était désormais sa propriété, elle avait aussitôt répliqué : « Explique-moi comment une propriété peut essayer de dire non ! » Lorsqu'on lui demanda, après son arrestation, pourquoi elle était devenue si vite la maîtresse de Vikram alors qu'elle venait d'être violée pendant plusieurs semaines par Babu à la face du gang, elle résuma sa défense en deux phrases : « J'ai rencontré Babu, j'ai rencontré Vikram. Il y a un dieu qui s'occupe de l'amour, après tout. » Une autre fois, ce fut sa sœur, Ramkali, qui fit montre de la même force de parole. Aux journalistes venus l'interroger sur les raisons qui avaient conduit Phoolan Devi à devenir bandit, elle rétorqua froidement : « Les dieux créent les hommes et les femmes. Les dieux, parfois, transforment les hommes en saints. Et ce sont les hommes qui transforment les femmes en bandits. »

Les témoins de l'affaire avaient été frappés eux-mêmes par la violence qui animait constamment Phoolan Devi. Son premier amant, Kailash, rencontré au bord du fleuve alors qu'elle n'avait pas quinze ans, raconte ainsi leur rupture (il avait été contraint par sa famille à regagner le domicile de sa femme légitime qui, malgré son jeune âge, venait de lui donner un fils) : « Je lui ai dit de rentrer dans sa famille, puisque j'étais retourné dans la mienne. Phoolan Devi m'a répondu : “ Pour ce que tu viens de me faire, je te tuerai. ” Elle m'a vraiment fait peur. Je n'avais jamais vu autant de haine dans le regard de quelqu'un. »

*
* *

C'est à ce moment-là que j'ai décidé de rencontrer Phoolan Devi. J'ignorais comment j'y parviendrais ; d'après tous les documents que j'avais réunis, il était évident qu'elle était désormais tenue au secret. Après quelques mois d'un régime ultra-libéral au cours duquel elle avait reçu, outre sa famille, nombre de journalistes et toutes sortes d'inconnus venus s'incliner à ses pieds comme devant l'effigie d'une déesse, elle avait été peu à peu mise à l'écart. Son amant d'alors, Man Singh, qui avait obtenu de partager la même cellule, avait été séparé d'elle, puis transféré dans une autre prison. La vie communautaire qu'on lui avait promise, calquée sur le système de sa bande, s'était progressivement désagrégée. Pour justifier la suppression du système de l'*open jail*, la direction de la centrale de Gwalior avait argué de fréquentes disputes entre Malkhan, dit le Roi des bandits — autre gangster qui s'était rendu spectaculairement quelques mois avant Phoolan Devi. Malkhan était thakur, comme ses ennemis de caste et ses tortionnaires. Elle n'aurait cessé de multiplier les provocations à son égard, ce qui lui aurait valu de perdre les faveurs qui lui avaient été initialement accordées.

Il semblait aussi, d'après certains témoignages, qu'on la tînt désormais loin des médias. Du reste, seuls des journalistes indiens avaient été autorisés à la rencontrer, jamais des occidentaux. Deux Français qui avaient tenté de la voir consacrèrent, dans *Libération*, un très brillant récit à leurs pérégrinations bureaucratiques. Malgré une belle obstination, et en dépit de promesses mille fois répétées, ils n'y étaient jamais parvenus. Le titre de cet article résume le maquis administratif qu'ils avaient dû explorer avant de se résigner à comprendre qu'on ne rencontrait pas Phoolan Devi : « À Kafkanabad, la Reine des bandits est intouchable. »

Selon d'autres rumeurs, elle avait été malade — une tumeur à l'utérus —, et il avait fallu l'opérer. Des gardiens avaient confié qu'elle souffrait de cauchemars, voire de somnambulisme. Des psychiatres, disait-on, venaient régulièrement l'examiner. C'était sur leur conseil, précisaient certains articles, que la direction de la prison avait restreint au minimum le nombre de ses visiteurs.

Au fil des années, le vide s'était donc fait autour de Phoolan Devi. Dès 1986, elle ne voyait presque plus personne en dehors des médecins, du personnel pénitentiaire, des membres de sa proche famille et de son avocat.

*
* *

Je repartis donc pour l'Inde, la première fois en octobre 1989. Le pays était très agité : non loin de la région où avait opéré le gang de Vikram et de Phoolan Devi, les fondamentalistes hindous commençaient de revendiquer la mosquée d'Ayodhya ; ils proclamaient que le culte islamique avait souillé l'un de leurs sanctuaires les plus sacrés, construit naguère sur le lieu supposé de la naissance du dieu Rama. Leurs militants fanatisés, appelés à se concentrer autour de l'édifice, se lançaient depuis toute l'Inde à l'assaut des routes, souvent armés de grands tridents d'acier dont il était évident qu'ils pouvaient servir à bien autre chose qu'à manifester leur ferveur religieuse.

Et l'Inde que je m'apprêtais à rencontrer, j'en étais parfaitement avertie, n'était pas celle des palais, des hôtels climatisés, des musées, des villas coloniales. Non plus d'ailleurs que celle de la misère. Je ne m'en allais pas vers les enfers urbains de Calcutta ou de Bombay, revers dantesque que l'Occidental, dans son imagerie simpliste, se plaît à opposer aux images féeriques des citadelles des maharadjahs. Je partais simplement pour l'Inde des villages. Je m'en allais explorer non le monde de l'indigence, mais celui du simple dénuement — un univers d'avant la société de consommation, fait de chemins poussiéreux, cahoteux, de maisons de terre et de chaume, un monde où l'on mange à sa faim, où l'on croit aux dieux, où des voyants lisent communément dans les mystères de l'âme et distinguent les secrets cachés sous l'écorce des apparences. Où l'on cuit le repas sur des feux de bouse de vache, où les femmes attirent les bénédictions sur leur demeure à l'aide de grands dessins magiques. Où les joies et les peines obéissent à des lois que nous avons perdues. Où les pluies régissent les existences. Où les fêtes ne se comptent plus, ni les occasions de pleurer.

Un monde primordial, d'avant beaucoup de choses. Comme chaque fois que je partais pour l'Inde, j'en attendais beaucoup. Et je redoutais plus encore ce que j'allais y apprendre. Car, cette fois, je ne m'étais pas mise en quête d'un mort, ni d'un Occidental. Je recherchais une vivante. Une hors-la-loi.

*
* *

Il m'a fallu trois voyages avant de pouvoir comprendre quelque chose à l'histoire de Phoolan Devi. Leur détail s'est brouillé dans mon souvenir — c'est un effet commun de l'Inde que de noyer les anecdotes au profit de visions isolées qui reviennent à l'esprit avec une force obsessionnelle. Scènes primitives qui se suffisent à elles-mêmes, incrustées, ineffaçables, indélogeables, fondements constitutifs de chaque « mémoire indienne ».

Je ne raconterai pas mes voyages. Je me contenterai de ces petits éclats.

*

* *

Je revois d'abord la route, le chaos de la route.

C'est la rivière d'animaux, d'humains, d'attelages, de machines qui coule sur la Nationale 2 entre Calcutta et Delhi, là où Vikram Mallah et Phoolan Devi, dans les nuits qui précédèrent la mousson de 1980, organisèrent de sauvages et fructueuses attaques de camions.

J'entends hurler leurs avertisseurs. Leurs capots sont peinturlurés de dieux criards, surchargés de guirlandes brillantes, semblables à celles que nous pendons à nos sapins de Noël. Ils déboulent sur des enchevêtrements de scooters, de taxis, de bicyclettes, de chameaux, de buffles, de bus bondés, de hordes de nomades retournant au désert — tout ce qui fait la route indienne, les castes, les âges, les tribus indifféremment confondus dans la même tension vers un but qu'ils sont seuls à connaître.

Je revois les octrois, les perruches et les singes que rien n'effraie, les marchés où se mêlent mendiants et trafiquants, les chercheurs de vérité et les hommes en quête de bonnes fortunes, les oratoires où des petites filles demi-nues, les yeux cernés de khôl, jouent à cache-cache au milieu des fleurs fanées. Je me perds à nouveau dans les villages de la route, interminables déversoirs d'humanité et de cambouis, je longe leurs murs barbouillés de slogans électoraux, d'affiches de films et de giclées d'essence. Je lève le nez, parfois, vers des statues monumentales, comme celle de ce gigantesque dieu-singe, du côté d'Etawah, qui semblait surveiller tout le bourg.

De temps à autre surgit un bubon plus purulent que tous les autres. Ne s'y aventurer qu'à l'aube, le court instant rose et poussiéreux qui précède la mise en marche du monstrueux mouvement brownien des hommes et des machines — une ville.

Et, tout au long de ces interminables trajets, les mêmes scènes, indéfiniment : voitures renversées dans un fossé, semblants d'ambulance venus secourir les blessés et évacuer les morts, caravansérails en ruine, cressonnières où s'ébattent des buffles, étals où l'on vend tout et rien — billets de loterie, tresses de fleurs pour les dieux, cigarettes à l'eucalyptus, morceaux de plastique colorés, journaux à louer pour dix minutes...

Je me rappelle, sur un muret, indifférente au tohu-bohu de la route, une femme en rouge penchée sur son fils, qui tirait devant sa bouche un pan de son sari — pour dissimuler quelle peur, quelle insondable tristesse ? Et le vieillard aux yeux malades qui fumait du chanvre en la contemplant derrière le verre épais et glauque de ses lunettes — quelles pensées, derrière son front étoilé de rides, quels calculs sordides ? Ou quelle sagesse noble et résignée ?

Je me souviens aussi des grandes palmes brandies par les femmes sur le passage du cortège de Rajiv Gandhi pendant sa campagne électorale. Tous les villages n'étaient plus que liesse et attente, autant de Jérusalem indiennes tout à l'espoir d'un Messie — Rajiv, on le sut dix-huit mois plus tard, n'était hélas, lui aussi, qu'un simple mortel.

Je prends ensuite des chemins de traverse, je retrouve les ravines. Des hommes à l'œil rêveur, épaules basses, s'y engagent : bandits ou paysans ?

C'est le temps de la récolte, juste après la mousson. Je revois des araires et des chars à bœufs droit sortis des débuts du monde, des paons qui déambulent dans les sentiers, le chaume frais, les aires à battre en attente des épis, la terre des gorges, sa couleur brune et fatiguée. Je sens son odeur qui picote la narine, je détaille à nouveau ses fissures, ses crevasses, terre douloureuse et meurtrie par les pluies, terre qui fuit inexorablement vers les eaux turquoise de la Chambal et de la Yamuna où s'ébrouent des troupeaux de buffles noirs. Et je me souviens aussi du visage fataliste des paysans, sur le bord de la route, qui contemplent avec amour leurs quelques terres enserrées entre les gorges en se demandant sans doute ce qu'en fera la prochaine mousson.

Dans les villages, j'observe à nouveau les gestes amoureux et patients des femmes pétrissant sans relâche tout ce qui redonne vie à leurs hommes et à leurs enfants : gâteaux de millet, galettes de bouse pour les réchauds. C'est l'aube ou le crépuscule ; l'arc parfait des cornes d'une vache passe devant le soleil rouge. Je regarde ces épouses, jeunes ou vieilles, s'en aller au puits, raidies sous leurs deux pots de cuivre posés à même la tête. Chaque jour, elles recommencent ; et de temps à autre, quand les forces de la terre ne leur paraissent plus assez vives, elles se mettent à dessiner sur le sol ou les murs les grands dessins magiques qui appellent les bénédictions des dieux sur leur ventre, leur mari, leurs enfants, leurs vaches, leurs graines dans les champs.

Il y a aussi les fêtes, les processions, lorsqu'elles promènent des jarres remplies de jeunes pousses. Le cortège est mené par un jeune homme aux pupilles hagardes. Il a les deux joues percées : on y a passé un long trident. À l'une des extrémités de la pique, qu'il soulage de son bras gauche, pend un énorme seau.

Je me rappelle enfin l'approche des jungles, cette forêt d'épineux que les gens des villages appellent l'Autre Monde, là où vivent les Maîtres, ceux qui se jouent des secrets du temps, ceux qui savent tout de la magie des pierres et des plantes qui guérissent, les sages mystérieux qui soignent parfois les âmes en les brisant.

Et je revois alors, plus obstinément que tout le reste, un petit sanctuaire où l'on a renversé de l'alcool. S'y dresse une statue aux prunelles exorbitées : Kali au troisième-œil, l'Envoûteuse-à-la-langue tirée, Maîtresse du temps-qui-détruit-tout, Souveraine de la forêt, Gardienne des grandes-peurs, Reine des volontés-qui-viennent-de-très-loin. Ou tout simplement Devi, la Resplendissante, la Rayonnante-au-sautoir-de-crânes, l'Assoiffée de sang, la Danseuse de mort, Kali la Noire, amoureuse du rouge.

Je repasse indéfiniment en esprit toutes ces scènes — innombrables et dérisoires figures de l'illusion, diraient les Maîtres. Loin derrière, peut-être, l'éternité.

*
* *

Je me rendis pour la première fois à Gwalior en octobre et novembre 1989 dans le naïf espoir de rencontrer Phoolan Devi. Le député de la ville, qui était aussi maharadjah et ministre des Chemins de fer dans le gouvernement de Rajiv Gandhi, me fit rencontrer le chef de la police locale. Au bout d'une semaine de paperasses, de tampons, de signatures et de contre-signatures, je compris que je n'avais aucune chance d'arriver à mes fins. On me promettait chaque jour la rencontre pour le lendemain, mais rien ne venait.

Ce complet fiasco eut cependant l'avantage de me faire connaître de l'intérieur la police indienne, sa bureaucratie, sa scrupuleuse religion du rapport. Je fus conviée un jour chez le susnommé chef de la police — je suppose qu'il voulait s'assurer que j'étais vraiment écrivain, car il semblait avoir les journalistes en horreur. C'était un homme froid et distant, mais extrêmement perspicace. Je pus détailler à loisir sa maison néocoloniale, son jardin, observer ses rapports avec sa femme, ses longues et étranges conversations téléphoniques. J'eus l'impression qu'il voulait sincèrement arranger mon affaire ; mais, dans la hiérarchie politique ou policière, quelqu'un, semble-t-il, s'y opposa.

Entre deux démarches, je parcourais la ville de Gwalior. La publicité murale envahissait tout — d'immenses placards colorés figurant des robots ménagers, des machines à laver et surtout d'innombrables modèles de téléviseurs. Je croisais sur les trottoirs des renonçants en loques, le cheveu hirsute, la pupille hébétée. Je ne cessais de me demander si la télévision aurait un jour raison de leur quête hallucinée. Un immense fort dominait la ville. Ses falaises étaient creusées de grottes, elles-mêmes excavées d'énormes statues : des sages nus au visage lisse, dont j'enviais l'impassibilité ; mais je me rappelais aussi en les contemplant les mots soufflés par un physicien indien, juste avant mon départ de France : « Nous autres Indiens, nous avons bien été contraints d'inventer la non-violence, nous sommes le peuple le plus violent de la planète. » Le fort de Gwalior, parfait décor pour films en cinémascope — *Lanciers du Bengale* et autres *Tombeau hindou* —, illustrait cette sauvagerie native, avec ses couronnes de remparts, ses souterrains, ses rampes à éléphants et ses souvenirs de révoltes héroïques, proches de celle sur laquelle j'enquêtais : c'était là que des princesses radjpoutes s'étaient jetées dans un bûcher plutôt que de tomber aux mains des musulmans ; là encore que la Rani de Jhansi, lors de la révolte des Cipayes, avait chargé l'armée anglaise, sabre au clair, avant de périr sous les balles.

J'explorai plusieurs fois le bazar — on m'avait assuré que les bandits, venus de plusieurs dizaines de kilomètres, s'y fournissaient en armes. Du temps de ses raids dans les ravines, Phoolan Devi et Vikram s'y étaient rendus plusieurs fois. C'était un monstrueux dédale, un pandémonium d'arrière-cours, de boutiques, de gourbis, de tas d'immondices, un lacis de ruelles, de passages, d'impasses, de couloirs bourbeux.

Mais je n'osai m'aventurer du côté de la prison centrale, de peur que mon intérêt pour Phoolan Devi ne fût trop visible. Plus tard, j'appris par des journalistes que j'avais été bien inspirée: la police de la ville faisait systématiquement surveiller tous les étrangers qui s'intéressaient à cette affaire. Un haut fonctionnaire que je parvins à joindre au téléphone tenta de me décourager: « Les portes de la prison centrale ne s'ouvrent plus aux étrangers », me déclara-t-il tout net.

Je tins bon. Chaque jour, l'assistant du chef de la police, gras et patelin, bardé de tampons encreurs et de paperasses diverses, me rendait visite à mon hôtel, m'assurait rituellement des quelques *Don't worry, no problem, everything is under control* qui sont en Inde la marque que les choses n'avancent pas et qu'il faut bien s'y résigner. De temps à autre, autour d'une tasse de thé, je parvenais à lui arracher quelques mots sur ma prisonnière — des révélations qu'il était peut-être en train d'improviser. Il prétendit avoir assisté à la reddition, m'assura que Phoolan Devi avait subi une hystérectomie. Il la définissait toujours du même mot, qu'il assortissait d'un énorme éclat de rire, alors qu'il était d'ordinaire si pondéré : «*A nonsense girl !*» (une cinglée). Le jour où je lui demandai s'il n'y avait pas une explication à sa foudroyante épopée, il invoqua la pauvreté : « Quand le diable sort des ravines, il s'attaque aux pauvres. C'est tombé sur elle, voilà tout. » Dès qu'il avait fini sa tasse de thé, il s'en allait, plus bonhomme que jamais, avec les mêmes promesses et litanies que la veille : «*Don't worry, madam, to-morrow everything will be OK, no problem, madam, everything is under control.*»

Au bout de dix jours, j'en eus assez (c'était sans doute ce qu'attendait le chef de la police) et je partis pour Bombay, où je m'enfermai dans les archives du *Times of India* pour dépouiller tous les articles parus en anglais sur Phoolan Devi.

Malgré l'étouffoir où je devais travailler — un caveau plutôt qu'un bureau, une longue pièce poussiéreuse éclairée d'une simple rampe à néon, dépourvue de la moindre fenêtre bien que les archives soient installées au sixième étage de l'immeuble —, je vécus dans ce réduit l'un des moments les plus exaltants de mon enquête : article après article, je revivais le lent mûrissement d'un mythe.

Au début, seuls des entrefilets signalaient les attaques de Phoolan Devi. Puis les titres évoquaient l'existence d'une nouvelle « Reine des bandits ». Après avoir longtemps couvé, le fantasme explosait d'un seul coup ; et, une fois débridée, l'imagination ne s'arrêtait plus. Les titres rivalisaient d'hyperboles, d'images plus folles les unes que les autres : PHOOLAN DEVI, LE DÉMON INCARNÉ ; DE LA SUPERFEMME À LA SUPERPESTE ; LA PRINCESSE DES RAVINES ; LA CALAMITY JANE DE L'UTTAR PRADESH ; LA MAÎTRESSE DU MEURTRE. Les polémiques foisonnaient, les versions les plus contradictoires pullulaient, se recouvraient les unes les autres. Si bien que, deux ans après le massacre, en 1983, le destin de Devi n'était plus qu'un vaste palimpseste. Dans les grandes lignes, les récits de son odyssée étaient identiques ; mais ils ne cessaient plus de varier dans leur chronologie et leur détail, on n'y distinguait plus les informations des invectives, l'investigation honnête de la pure calomnie.

La plupart des articles avaient pour auteurs des gens des villes qui n'arrivaient pas à dissimuler leur fascination et leur répulsion conjointes pour le monde de jungles et de campagnes d'où était sortie Phoolan Devi. Généralement, c'étaient des hommes, ils voyaient presque tous en elle une nymphomane, mais ils parvenaient rarement à évoquer la raison qui l'avait poussée à attaquer les thakurs de Behmai : son viol, pendant vingt-trois jours, par la quasi-totalité des hommes du village.

Il m'apparut très vite que si la presse indienne, au moment de la reddition, avait multiplié les versions de son histoire, c'était sans doute pour ne pas avoir à évoquer l'insoutenable ; et cette amnésie n'était pas étrangère à la constitution du mythe. Un film, plus fantaisiste encore que le reste — on y voit notamment Phoolan Devi chantant et dansant au moment des attaques — avait définitivement fixé (au sens chimique du terme) sa légende de poussière et de sang. La prisonnière eut beau s'insurger contre ce tissu d'extravagances, intenter une action contre le producteur du film, elle n'y put rien : le mythe l'avait déjà engloutie. Elle perdit son procès.

D'année en année, les dossiers de presse se faisaient plus minces. Les articles se raréfiaient, les informations s'effilochaient. Plus d'entretiens, plus de photos. Sur les premiers clichés de Phoolan Devi en prison, du temps où l'on faisait queue pour la couvrir de cadeaux et la ceindre de guirlandes, on la découvrait espiègle, toujours habillée de son uniforme de bandit, copié sur celui des militaires. Plus tard, on s'apercevait qu'elle avait repris le sari ; et, à mesure que les mois passaient, son sourire s'éteignait. Un ultime cliché, pris en

1986, la montrait de profil, songeuse et tragique. L'espoir semblait l'avoir à jamais désertée.

À l'évidence, le silence était retombé autour de Phoolan Devi. Contrairement à ce que m'avait affirmé le haut fonctionnaire que j'avais joint à Gwalior, ce n'était pas seulement aux étrangers que la prison centrale était interdite, mais à tout le monde. La captive, sans que ce fût officiel, était tout bonnement au secret. Elle ne pouvait plus rencontrer que sa famille et son avocat. Elle demeurait très célèbre, mais son destin paraissait scellé. On ne jugerait jamais le onzième chef d'inculpation pour lequel elle était prévenue dans l'État de Madhya Pradesh — une accusation de port d'arme illégal. Elle ne serait pas extradée vers l'Uttar Pradesh : elle y risquait la pendaison, puisqu'on continuait là-bas de lui imputer les vingt-trois morts de Behmai ; retenue en Madhya Pradesh, où on lui garantissait la vie sauve, elle ne comparaîtrait jamais devant la justice des hommes — ce qui est la pire des condamnations : elle débouche tôt ou tard sur la folie.

Néanmoins, pour beaucoup d'Indiens, elle demeurait une déesse vivante et lointaine, présente et absente à la fois. Son exclusion de la vie sociale semblait même nécessaire à sa divinité. Ainsi, je découvris dans un article les propos déconcertants d'un jeune Indien cultivé qui professait pour elle une admiration sans bornes ; interrogé à son propos par un magazine américain, il se vit objecter par le journaliste qu'il y avait beaucoup de faux dans ce qu'il disait sur elle, comme en général dans les récits de son équipée auxquels se complaisaient la plupart de ses compatriotes. Loin de se troubler, le jeune homme répondit superbement : « Je n'y crois pas nécessairement, mais je n'arrive pas à m'en défaire. »

Au sortir de mon réduit du *Times of India*, l'idée me vint alors que ce qu'on m'avait empêchée de rencontrer à Gwalior n'était pas une femme, ni même une déesse, mais un mythe vivant. Ce qui, bien entendu, ne fit qu'aiguiser mon désir d' y parvenir.

*

* *

Tout au long de mes enquêtes, j'interrogeai beaucoup d'Indiens. Ils ressemblaient tous au jeune homme que je viens d'évoquer : ils ne s'intéressaient jamais à ce qu'elle était devenue. On aurait cru, à les écouter, qu'elle était un colosse caché dans l'ombre et qui aurait continué d'émettre un rayonnement étrangement têtu.

*
* *

Un peu plus tard, à New Delhi, je rencontrai l'un des plus célèbres journalistes et écrivains indiens. Il avait joué un rôle non négligeable dans la constitution de ce mythe. Peu après le massacre de Behmai, il n'avait pas craint, à près de soixante-dix ans, de s'aventurer en jeep dans le village de Phoolan Devi. Il y avait rencontré sa jeune sœur, Ramkali, dont la fraîcheur l'avait beaucoup émoustillé ; un voisin lui avait alors juré que la Reine des Bandits lui ressemblait, « en beaucoup plus belle ».

Il vit aussitôt en Phoolan Devi une bête de sexe. Il rencontra ensuite son premier amant, Kailash, qui le lui confirma. L'article qu'il publia au retour de cette équipée fit sensation ; il la décrivait comme un prodige de sensualité sauvage — à un moment où personne ne savait au juste qui elle était, où la police elle-même ignorait à quoi elle ressemblait. La réalité, il s'en aperçut au moment de la reddition, était infiniment plus complexe. Quand je le lui rappelai, il eut un sourire amusé. Puis il me lança gentiment : « Une fille qui a tué des mecs, c'est forcément un bon coup. »

C'est lui qui m'apprit que cette histoire était avant tout une histoire de fleuve. « De là-haut, on voit les eaux, la courbe du fleuve au pied des falaises. Le paysage est sublime. Le village est infesté de cobras, mais les habitants s'en moquent, ils vaquent à leurs occupations, insouciants. Tout est simple, même la violence. Les enfants mallahs sont obligés de traverser le fleuve pour aller faire paître leurs bêtes, et les enfants thakurs leur jettent des quolibets. C'est ainsi que naît la haine. »

*
* *

J'ai tenté de me rendre dans ce village en avril 1990. Faute de jeep et d'escorte, j'ai dû y renoncer ; plus tard, quand j'ai obtenu l'assistance d'un des aides de camp du maharadjah de Gwalior, celui-ci, au dernier moment, a refusé de m'y conduire, sous prétexte que le terrain était trop accidenté. Je n'ai pu l'observer que de loin, à la jumelle, du haut d'un curieux minaret, à l'angle d'un des temples les plus bizarres que j'aie jamais visités en Inde, celui de Kalpi.

L'endroit n'est jamais qu'une grosse bourgade située en retrait des ravines, mais son temple est extrêmement singulier : il se dresse au milieu d'une immense esplanade, à la droite d'un palais ancien surchargé, tel un palazzo sicilien, de terrasses et de statues mangées de lichens gris. L'entrée du temple est délimitée par deux énormes cobras annelés, dressés face à face. Après chaque mousson, on repeint leur pierre de noir et de blanc avec le plus grand soin, on incline un trident d'acier ; chaque pointe va toucher l'extrémité de trois lignes blanches dessinant elles aussi un trident derrière la tête des serpents. Les anneaux noirs sont soutenus par de petits pilastres qui semblent plus anciens, si bien qu'à midi (c'est l'heure où j'arrivai) l'ombre portée des anneaux sur la cour du sanctuaire figure elle aussi des tridents.

La place, l'esplanade, le sanctuaire, tout était singulièrement désert. À chaque pas, ce que je découvrais paraissait de plus en plus insensé : de gigantesques statues flanquaient l'autre côté du terre-plein, des guerriers et des dieux-rois peints de noir, aux yeux exorbités recouverts d'ocre pâle. Les uns brandissaient un sabre, les autres étaient allongés, abandonnés à une léthargie voisine de l'extase ; leurs jambes s'étiraient sur plusieurs mètres. Ailleurs, des gnomes à deux faces, l'une gaie et moustachue, l'autre cadavérique, formaient un parapet de leurs membres entrecroisés. Le dernier d'entre eux léchait d'une langue avide la queue d'un des deux cobras.

En de tels instants, rien n'existe plus que la fascination d'une folie visuelle. Je m'aperçus brusquement que la place était vide, alors que j'étais en plein bourg — rien pourtant n'est jamais vide en Inde, on s'y retrouve rarement seul. Et je me suis souvenue aussi que, depuis le matin, j'avais eu toutes les peines du monde à me faire conduire à Kalpi.

Toutes les recherches que je fis ensuite pour identifier ce temple se soldèrent par un échec. Bien que certaines de ses constructions, dont un pavillon de marbre et le minaret moghol, à présent recouvert de scènes du Ramayana, soient à l'évidence très anciennes, l'édifice est absent de tous les répertoires archéologiques. À plusieurs reprises, des érudits de la région ont même nié son existence ; et quand je voulus m'y rendre une seconde fois, on refusa de m'y emmener. Je réussis tout juste à apprendre que le culte du serpent était très vivace dans la région. Le pays, me dit-on, avait été jadis le royaume des Nagas, les légendaires Rois-Serpents renversés par l'arrivée des envahisseurs venus du Nord. Les jungles étaient pleines de souvenirs de ce temps-là ; la puissante magie de leurs vieux sorciers s'était mêlée aux cultes hindouistes. Que s'y passait-il exactement ? Personne ne voulut m'en parler. On me confia qu'on venait parfois de régions très éloignées pour s'y faire bénir ; et qu'Indira Gandhi, très portée sur les choses occultes, s'y était rendue plusieurs fois. On conclut : « Il paraît que l'initiation est très rude. »

Peut-être a-t-on affabulé. Mais, en écrivant *Devi*, j'ai revu souvent ce quadrilatère de folie où semblaient s'être concentrées toutes les forces obscures de la plus ancienne Inde.

*
* *

Trois jours plus tard, le 8 avril 1990, j'ai rencontré Phoolan Devi. Pour des raisons qui me demeurent encore mystérieuses — mon insistance, peut-être, mon retour obstiné à Gwalior ? —, le haut fonctionnaire que j'avais joint au téléphone six mois plus tôt avait changé d'avis. Il me donna rendez-vous à midi, dans sa belle villa coloniale, à la sortie de la ville. Lorsque j'arrivai, je le croisai au volant de sa voiture : « Je reviens dans cinq minutes », lâcha-t-il d'un ton préoccupé. Une heure plus tard, il n'était toujours pas là.

Je crus avoir été prise une fois encore à la comédie préférée des Indiens, à leur jeu de promettre toujours plus qu'ils ne peuvent tenir, rien que pour se persuader eux-mêmes de l'étendue de leur puissance. Mais mon haut fonctionnaire finit par revenir. Tout se mit alors à ressembler à une conspiration. Il s'assit en face de moi, prit un air mystérieux qui me combla d'aise, me fit jurer de ne jamais prononcer son nom. Il m'accompagnerait à la prison, m'annonça-t-il, me présenterait comme son hôte, une amie étrangère animée d'un mouvement de curiosité envers une célébrité locale. Je visiterais la prison, je pourrais interroger la gardienne de Phoolan Devi, qui transmettrait mes questions — pas plus de deux ou trois — à la prisonnière. Un interprète me traduirait ses réponses. Je pourrais aussi, si je le souhaitais, l'observer quelques instants à travers le judas de sa cellule — ou par une fenêtre, je ne saisis pas très bien le terme qu'il employa. Je ne prendrais aucune note, aucune photo, je n'enregistrerais rien.

J'ai juré tout ce qu'il a voulu. Il a disparu à nouveau — il avait une visite, des Sikhs, quémandeurs ou invités, c'était impossible à trancher. Il a reparu dix minutes plus tard, l'air affairé. « OK, se contenta-t-il de jeter, vous allez la rencontrer. » Pragmatique, j'ai aussitôt rétorqué : « Quand ? » À ma grande stupeur, il m'a répliqué : « Maintenant » et m'a désigné sa voiture, dans la cour, où il m'a invitée à monter.

La prison de Gwalior se situait à un quart d'heure de là, à la périphérie de la ville, au pied de l'éperon rocheux où se dresse le fort. Elle était signalée par un panneau sans équivoque : « *Central Jail* ». Une grande porte jaune d'inspiration moghole, un judas, des murs assez peu élevés, de couleur brique et ourlés d'une petite bande blanche : un ensemble fort propret, assez étonnant dans une ville indienne. Je m'attendais à subir des formalités interminables, une fouille, des montagnes de paperasses à remplir et à faire tamponner des dizaines de fois. Aussi ne fus-je guère surprise quand on me fit signe d'entrer dans un bâtiment situé à gauche de l'entrée de la prison, un vaste bureau où semblait m'attendre, calé dans son fauteuil, un nouveau fonctionnaire, sans doute le directeur.

Une dizaine de chaises avaient été égaillées devant le bureau. L'homme m'en désigna une. Je m'y assis, prête à toutes les petitesses, aux dernières patiences. D'autres hommes entrèrent. Ils portaient des uniformes, on aurait dit des militaires. Nous avons échangé des saluts à l'indienne, les mains jointes devant la bouche, puis un homme m'a soufflé : « La voilà. » Je me suis retournée aussitôt vers la porte.

À contre-jour, j'ai distingué une femme de taille moyenne qui s'avançait dans le grand soleil. Elle avait le dos très droit, la démarche tranquille. Elle est entrée en souriant. Je l'ai reconnue à son regard : des yeux de fauve, effilés, très brillants, remplis d'une joie primitive — peut-être le plaisir d'échapper un moment à la routine de la prison. Elle avait le front lisse et sans tourment.

Ses yeux voyaient tout ; ils sont allés aussitôt au fond des miens. Que lui avait-on dit, avant ma visite ? En tout cas, elle s'est dirigée droit vers moi, a balbutié des mots en hindi, a joint les mains, puis s'est penchée vers la terre et m'a baisé les pieds — on aurait dit un effleurement d'oiseau, ou de museau de chat. Déjà elle s'inclinait devant Maren Sell, qui m'assistait dans cette insolite équipée, puis devant la dizaine d'hommes réunis dans le bureau.

Déjà aussi elle était revenue à sa place ; et si je parle de sa place, c'est qu'il m'a semblé d'emblée qu'elle avait une place assignée, un endroit qu'elle s'était choisi ou qu'elle avait pris l'habitude d'occuper chaque fois qu'elle se retrouvait devant des juges ou des policiers : à bonne distance du bureau derrière lequel était installé le directeur de la prison.

Je suis sûre que le bureau n'était pas un parloir. Cette mise en scène devait obéir à une fiction juridique. Il était interdit à qui que ce fût, hormis sa famille et son avocat, de rencontrer Phoolan Devi en prison. Le règlement continuait d'être respecté, puisque nous nous trouvions hors les murs de la prison...

Mais Phoolan Devi elle-même ne resemblait en rien à une prisonnière. Si elle n'avait pas été aussi propre, aussi nette, j'aurais cru à une paysanne de retour des champs. Cependant, contrairement aux paysannes, elle n'avait rien dans les mains, pas d'outil, pas de panier, de pots, d'enfants. J'étais obnubilée par ses mains vides et nues; je n'arrivais pas à imaginer qu'elles avaient tenu si longtemps un fusil mitrailleur ; qu'elles avaient pu tuer.

Je la détaille un peu plus longuement. Elle a des traits d'Asiatique des montagnes, un peu mongols. Sa chevelure est aussi de type chinois, plus raide, plus maigre que celle de la plupart des Indiennes. Elle l'a rassemblée en une tresse fermée d'un ruban rose vif, assorti aux barrettes qui retiennent quelques mèches folles, derrière ses oreilles. Sa bouche est charnue, très légèrement prognathe. Elle porte un sari de femme pauvre, en polyester à ramages violine. Son corsage est vert, et ses bracelets de plastique marient les deux couleurs. Entre les bracelets, elle a glissé une fine montre de métal. Une étoile est incrustée dans l'une des ses narines. Sous son sari, je remarque aussi une ficelle un peu sale à laquelle pend ce qui ressemble à une amulette. Phoolan Devi a grossi depuis son arrestation, mais rien n'est mou ni affaissé en elle. Elle se tient très droite, avec une très solide assise sur le sol — un maintien de reine. On a l'impression qu'elle sent sous ses pieds toutes les forces qui travaillent la terre, et qu'elle s'emploie à les faire monter en elle, lentement mais sûrement, au long de son dos, jusqu'à sa nuque, sa tête qu'elle redresse. À l'évidence, c'est une grande instinctive ; mais elle n'a rien du démon éructant ni de la « *nonsense girl* » que s'était plu à me décrire l'assistant du chef de la police quelques mois plus tôt.

« Il faut des questions simples », intervient alors un des fonctionnaires.

Je les avais préparées depuis des mois. J'ai commencé aussitôt. Rien qu'à ses réponses, j'ai su qu'elle était, comme je l'avais pressenti à la lecture de ses propos, une femme des débuts du monde, qui savait tout de la vie de la nature, qui avait vécu des années aux aguets. Quand je lui demande quelle est sa divinité préférée, je ne suis pas étonnée d'apprendre qu'elle nourrit une prédilection pour Kali. Elle la nomme tout simplement « la déesse de la Forêt ».

Ce jour-là, Phoolan Devi était radieuse, elle semblait se sentir en sécurité. C'est en tout cas la première chose qu'elle tient à me dire : « Ici, j'ai un toit. » Je me rappelle alors le cri qui déchirait ses nuits dans les ravines, d'après ses amis bandits, quand elle se réveillait en sursaut, toujours poursuivie par le même cauchemar : « Je n'ai pas de toit, je n'ai pas de toit ! »

Tandis qu'on lui traduit mes questions, elle garde les mains croisées derrière le dos, telle une écolière, sauf quand ce que je lui demande réveille en elle la passion. Alors elle se met à invoquer : elle ouvre les paumes, les tend vers le ciel, vers je ne sais quelle déesse ou quel dieu, puis les ramène sur sa poitrine — on dirait qu'elle veut tirer à elle la vérité, qu'elle veut forcer les mots à lui donner raison, comme si c'était le seul bien qu'elle puisse arracher aux hommes puissants qui l'écoutent. Elle n'a pas peur d'eux, elle parle haut et fort, mais sa voix est parfaitement placée, elle ne crie pas, ne cherche qu'à se faire entendre. Elle vient du fond de sa poitrine, soulève son sari, gonfle son cou. Elle évoque pour moi l'*anima* des

Latins : le souffle vital, la parcelle du feu divin donnée à l'homme avec la vie. Mais Phoolan Devi brûle d'un feu plus intense que tous les autres êtres présents dans la pièce, ce feu passe d'abord par l'énergie de son maintien, cette force qui semble remonter en elle depuis la terre.

Elle se trouve pourtant face aux personnages les plus puissants de toute la région. Cela ne l'empêche pas, encore une fois, de réclamer justice. « On ne m'a pas rendu justice, on n'a pas tenu les promesses qu'on m'avait faites » (une phrase, soit dit en passant, que le haut fonctionnaire qui m'a introduite ici me suppliera ensuite d'oublier). Je lui objecte : « Mais que se passerait-il si on vous libérait ? » La réponse fuse sur-le-champ : « Si je sors, mes ennemis me tuent. Si je reste, je meurs à petit feu. » Quelques mois plus tard, les événements commencèrent à lui donner raison : son frère, qui vivait à Gwalior, fut molesté par les thakurs, et l'une de ses sœurs arrosée de kérosène en pleine rue par un inconnu qui y mit le feu. Elle mourut, brûlée vive.

Phoolan Devi pressent de nouveaux drames, mais continue de garder la tête haute. Il n'y a en elle ni obstination ni amertume. Elle affronte sereinement le tragique de son destin. Elle a maintenant l'apparence d'une femme épanouie. Si elle n'a plus la virulence de l'adolescente au bandeau rouge qui terrorisait les ravines, sa force de révolte demeure intacte. À cet instant, je revois Antigone face au chœur. Personne n'ose l'interrompre. Mais on sent aussi qu'elle a été un chef, qu'elle a mené des hommes, et qu'elle a connu la peur. Malgré sa sérénité de façade, elle est aux aguets : à l'instant même où le directeur de la prison fait signe à un planton de nous servir du thé, elle se raidit, ses yeux s'obscurcissent, quelque chose d'animal s'y réveille — la terreur, la colère, c'est indémêlable.

Mais elle poursuit ce qu'elle a à dire. Elle parle comme les femmes des commencements, celles des grands et vieux livres, la Bible, le Mahabharata. « Ici, reprend-elle, j'échappe aux vengeances qui suivent les vengeances. Et pourtant la loi ne fait rien pour moi. Celui qui est né chez les pauvres n'a qu'une pauvre vie. Un jour ou l'autre, il lui arrive des histoires. » Je lui demande quelle leçon elle a tiré de ce qu'elle a vécu. Elle déplie à nouveau ses paumes, les contemple un moment, puis laisse tomber : « Les dieux devraient s'arranger pour que les filles ne naissent pas dans des familles pauvres. »

J'essaie de comprendre ce qu'elle a voulu dire. Je repense alors à son mariage, cette vente à un inconnu, à onze ans, contre un lit, une bicyclette et une génisse. Mais elle s'avise brutalement que moi qui la questionne dans une langue dont elle ignore tout, je suis assise en retrait. Elle remarque un fauteuil, tout près d'elle. Elle me tend la main, me fait signe de m'y installer. Entre nous deux, quelque chose vient de se passer : désormais, c'est elle, la prisonnière, qui me reçoit, et non ses geôliers.

Je tente une dernière question : « Pensez-vous souvent au passé ? » Je n'ose être plus précise, prononcer le nom de Vikram, parler de ses viols, du massacre. Elle devient subitement très grave. Elle recroise ses mains derrière le dos, en écolière soumise, elle baisse brusquement la tête, me fixe par en dessous — un œil de bête blessée. Jamais je n'ai vu tant de tristesse sur un visage, ni surtout tant de subit désarroi. Tous ses traits s'affaissent d'un coup. Puis elle lâche, au bout d'un très long silence : « J'y pense tous les jours. » Et elle ajoute quelque chose qu'elle ne pense pas, j'en ai l'intuition, car son regard s'enfuit maintenant vers le sol : « Et je me repens, je veux m'amender. »

Ce n'est pas de l'amertume, c'est de la douleur à l'état pur. Un peu plus tard, quand Maren Sell lui tend un cliché d'elle pris le jour de sa reddition, elle repousse la photo et se détourne, défigurée d'angoisse.

Vient le moment de la séparation. Le rituel de l'hospitalité exige un échange de cadeaux. Elle prend les devants : « Que m'avez-vous apporté ? » À tout hasard, j'ai prévu de lui offrir du parfum. Je lui tends le flacon, je l'ouvre, le lui fais respirer, je mime le geste de le frotter à la jointure des poignets et derrière les oreilles. Elle me prend la main, verse un peu de parfum sur mon poignet, puis sur le sien. Maren lui tend sa montre, une grosse Swatch noire. Phoolan Devi semble ravie, l'enfile à son bras et passe au poignet de Maren sa propre montre, une Citizen à quartz *made in Japan*, avec une trotteuse et deux faux brillants incrustés dans le cadran. Le fermoir est compliqué, l'opération prend un petit moment. Quand elle est terminée, les deux femmes contemplent leurs poignets avec satisfaction. Nous partons toutes trois d'un grand rire, nous nous rapprochons encore — un cercle de femmes où s'échangent, rien qu'en gestes, regards, sourires, des petits secrets qui n'appartiennent qu'à elles. Cercle magique ; aucun des hommes présents n'ose le briser.

C'est Phoolan Devi, la première, qui rompt le charme. Elle se retourne vers moi : « Donnez-moi votre adresse. Quand je serai libre, je viendrai vous voir. » Elle rêve tout haut, elle le sait, mais il faut qu'elle les dise, ces mots ; j'ai d'ailleurs l'impression qu'ils ne me sont pas destinés, mais aux hommes qui l'entourent. Je lui tends une carte. Elle la contemple d'un air songeur. Un gardien s'approche. Il faut partir. Elle me baise à nouveau les pieds, petit museau de chat, elle s'incline sans jamais plier, elle est déjà debout, joint les mains, se détourne vers la porte. La lumière d'avril est violente, généreuse. Phoolan Devi regagne sa prison, aussi droite qu'elle était venue.

*

* *

Chaque fois que je pense à l'Inde, à présent, c'est elle que je revois, ses yeux de fauve, son dos dans le soleil, tout raidi de superbe. Même dans la détresse, la souveraineté.

Cet ouvrage a été réalisé par la
SOCIÉTÉ NOUVELLE FIRMIN-DIDOT
Mesnil-sur-l'Estrée
pour le compte des Éditions Fayard
en septembre 1993

Mise en pages
par LAMBDA BARRE
78620 L'ÉTANG-LA-VILLE

Imprimé en France
Dépôt légal : septembre 1993
N° d'édition : 6703 - N° d'impression : 24800
ISBN : 2-213-03176-2
35-33-9136-02